AF461412

LA QUERELLE DE THALIE ET DE MELPOMENE

AVEC

LE JUGEMENT D'APOLLON,

AU SUJET DE LA TRAGEDIE D'INES DE CASTRO ; de la Comedie D'AGNES DE CHAILLOT, & des autres Critiques d'Inés.

Le prix est de vingt sols.

A PARIS, Place de Sorbonne,
Chez THOMELIN, Libraire de l'Université, attenant le College de Clugny.

MDCCXXIV.
Avec Approbation & Privilege du Roi.

AVIS.

J'*Avois dedié mon Ouvrage à M. Houdard de la Motte de l'Academie Françoise ; cependant je ne le connois pas, & même je ne l'ai jamais vû. Et comme ce n'étoit par consequent ni à l'amitié, ni à la prévention, mais à la verité seule, que j'adressois cet hommage, mes sentimens n'ont pas changé par les Critiques qu'on a fait de sa Tragedie, & ma plus douce consolation auroit été de rendre public ce tribut sincere que je devois, en quelque façon à ses grandes qualités ; mais on m'a fait peur du contre-tems, j'ai craint par l'exemple de mes amis même, que ma Dedicace ne parût une affectation de singularité, & j'ai fait ceder, quoiqu'à regret, les conseils de mon desir à la délicatesse du siecle.*

LISTE

Des Piéces qui ont été faites à l'occasion de la Tragedie d'Inés.

INés de Castro, de M. de la Motte.
Sentimens d'un Spectateur François.
Réponse sur les sentimens du Spectateur François.
Réflexions faites sur les sentimens du Spectateur François.
Lettre d'un Gentilhomme de Province.
Agnés de Chaillot. Comedie.
Paradoxes Litteraires.
Antiparadoxes ou refutation des Paradoxes.
Lettre à M. de la Motte.
Le Secretaire du Parnasse, & souscriptions desinteressées.
Réponse à l'Auteur des Paradoxes.
Considerations Philosophiques, avec l'Eloge de la Brochure.
Critique des Critiques d'Inés.
La Querelle de Thalie & de Melpomene, avec le Jugement d'Apollon.
Examen de la Tragedie d'Inés, & des Piéces ausquelles elle a donné lieu.

PREFACE.

L'Honneur ſinguliére qu'on a fait à la Tragedie de M. de la Motte a ſoulevé contre lui mille envieux. Le ſuccès de cette Piéce a excité le fiel de pluſieurs Critiques, qui l'ont répandu juſques ſur les endroits les plus heureux, & qui n'avoient d'autre but que de faire tort à la réputation d'Illuſtre, qu'il s'eſt acquiſe avec tant de juſtice. J'ai voulu prévenir cette diſgrace plus conſiderable qu'on ne penſe, & c'eſt ce qui m'a fait à mon tour uſer de ſel attique pour diſſoudre dans l'inſtant le flegme de tous ces Libelles diffamatoires. Voilà donc la Critique de toutes leurs Critiques, telle que je l'ai faite, & j'ajoûte telle que je ſuis capable de la faire. Mon reſpect pour le Public, & mon zele pour défendre la verité, ne m'ont pas permis de rien negliger de ce que j'ai crû neceſſaire pour confondre les ennemis de M. de la Motte, & pour rendre la juſtice dûë à ſon mérite. Je ſerois bien tenté de faire valoir ici les moyens que j'ai pris pour y réüſſir : mais je remets la petite vanité qui m'en preſſe à une autre fois. J'expoſerai dans un Diſcours à part mes ſentimens particuliers ſur la Critique ; mais je ne les donnerai à mon ordinaire que comme des conjectures. Je ne puis cependant m'empêcher d'avancer en general qu'il y a bien des Cenſeurs paſſionnez & de mauvaiſe foi. Ce n'eſt plus l'émulation qui regne parmi les Auteurs ; c'eſt la jalouſie qui exerce ſur eux un Empire tirannique. Les Critiques de M. de la Motte l'ont tous blâmé d'avoir avancé cette propoſition. *Point de nouveauté ſans hardieſſe*. Et cependant ſi quelques-uns d'entr'eux ont plû au Public, *toujours partiſant des rieurs*, ce n'eſt que parce qu'ils ont ſuivi ce principe. En effet, n'eſt-il pas nouveau qu'un homme donne pour vrai ce qu'il penſe être faux, & comme faux ce qu'il croit tres-veritable, & ne faut-il pas être bien hardi pour donner de tels Paradoxes au Public? cela va jusqu'à la témerité. Comme je sçai qu'il faut du courage à un jeune Auteur, j'ai essayé le mien en cette occasion, & s'il m'est permis de ne rien perdre de ce qui me fait honneur, je n'ai lancé mes traits de Critique que sur des gens d'esprit. Il se peut bien qu'il y en ait quelques-uns parmi les ennemis de M. de la Motte qui ne meritent pas ce glorieux titre; mais ils se sont mêlez dans la foule, & je les ai critiqué comme les autres.

Si je rentre dans la carriere, j'avertis le Public que j'aurai encore le courage de m'opposer aux ennemis de la verité, & toujours à proportion de mon habileté, que j'espere qui s'accroîtra avec mon âge.

Comme je n'ai mis que cinq jours à composer cet Ouvrage, plusieurs gens d'esprit m'avoient dit de l'intituler, *l'Ouvrage de cinq jours, à l'occasion d'Inés de Castro, &c.* mais je les prie de m'en croire, d'autres gens d'esprit ont approuvé le titre que j'y ai mis, & par des raisons qui me gagnoient, docilité pour docilité, on ne s'étonnera pas que j'aye déféré aux Approbateurs. S'il paroît quelque Critique de cette Piéce, je ne me dispense pas d'y répondre, quand même mes Censeurs seroient passionnez & de mauvaise foi. Je n'employerai jamais de dedain dans de pareilles occasions. En effet, pour ramener les hommes à l'amour de la raison & de la vertu, il faudroit leur faire connoître clairement combien les talens de l'esprit sont pernicieux, lorsqu'ils osent en violer les regles.

J'ai fait aux Censeurs de M. de la Motte, le même honneur qu'ils lui ont fait, je les ai critiqué, & je les défie de trouver que les traits de Critique ne soient pas solides.

J'ai parodié, pour ainsi dire, l'Avis & la Preface de M. de la Motte, personne ne sçait quel est mon dessein. *Qui potest capere, capiat.*

LA QUERELLE

LA QUERELLE DE THALIE ET DE MELPOMENE,

AVEC LE JUGEMENT D'APOLLON Au ſujet de la Tragedie d'Inés de Caſtro, & des Critiques de cette Piéce.

IL y a dans la Republique des Lettres certaines gens, dont le mérite eſt ſi peu connu, & qui ont tant d'envie de ſe faire connoître, qu'ils ſont comme les Eſpions de tout ce qui s'y paſſe, & qu'ils attendent avec impatience que quelque Ouvrage paroiſſe au jour, pour prendre delà occaſion de ſe rendre célebres par leurs Critiques.

Le deſir d'écrire eſt la ſeule bonne qualité que l'on puiſſe trouver dans ces ſortes de caractéres, encore devient-elle un défaut eſſentiel, lorſque ces ſeveres Cenſeurs ſont, comme l'a fort bien remarqué M. de la Motte, gens paſſionnez & de mauvaiſe foi. La plûpart en effet ſont des loups revêtus de peaux de brebis, qui ſous prétexte de cenſurer des Ouvrages, donnent dans leurs Critiques aux noms de nos celebres Auteurs des Epithetes railleuses, & souvent même méprisantes.

Dans la rumeur que la Tragedie d'Inés de Castro vient d'exciter sur le Parnasse, on a pû facilement reconnoître ce que je viens d'avancer. La qualité de pauvre, dont il a plû au Spectateur François d'honorer M. de Campistron, en est une preuve; & après les exagerations, dont l'Auteur des Paradoxes Litteraires, & dont le Poëte qui se fait appeller sans fard a sçû farder ses expressions; je crois que l'on ne peut plus en douter.

Tant de differents écrits dictez par Thalie & par Momus, rallumerent l'ancienne Querelle qu'elle avoit avec Melpomene. Celle-ci orgueilleuse du succès de sa Tragedie, ne pût soutenir la fierté, & si j'ose le dire, l'insolence de Thalie sa sœur & sa rivale. Elles se lancerent de part & d'autres mille traits injurieux: Thalie traita de Bailli le vieux Alphonse; fit de l'Ambassadeur de Castille un garçon Boulanger; changea le fier Dom Pedre en Pierrot, & l'amoureuse Inés en Cuisiniere du Bailli; si tant est qu'un Bailli de Chaillot puisse donner à sa servante le titre de Cuisiniere. Et dans cette affreuse metamorphose cette Muse Italienne ne leur laissa qu'une ressemblance de nom, pour les rendre ridicules à toute la Terre par ce vil rabaissement. Le Bedeau, le Magister, le Marguillier, le Carillonneur de Chaillot parurent à la place des Grands de Portugal, pour juger Pierrot & Inés. Là le Bailli plus severe & moins credule qu'Alphonse, ne se rendit pas à la simple vûë des enfans, quoique le nombre en fût redoublé, & il ne s'attendrît qu'après avoir lû un Contrat en bonne forme, qui pût imposer silence à la Critique.

L'Inés que Melpomene avoit produit sur le Theâtre François dans un éclat pompeux, se vit ainsi dégradée de sa Noblesse; aussi eût-elle moins à craindre pour Dom Pedre, & pour elle. La mort n'étoit point l'opprobre & le supplice qu'ils avoient à redouter.

Pierrot étoit condamné à partir pour le Micissipi, & sa chere Agnès devoit aller à la Salpêtriere, sans pouvoir appeller de cette Sentence définitive du Bailli & des Grands de Chaillot; elle se vit forcée à souffrir du destin qui l'accabloit, à perdre son Amant innocent ou coupable, sans pouvoir le sauver par les pressantes ironies dont elle tâchoit d'amuser le Bailli, en lui disant de suivre ses barbares maximes, & de prendre pour victimes cette famille désolée, ces marmots multipliez, que la cruauté de leur grand papa vouloit rendre orphelins. La Reine moins cruelle dans son état de Ballive, se contenta de proferer quelques paroles harangeres, & ne vint point des menaces au fait. La belle Inés devenuë, comme je l'ai déja dit, servante du Bailli, par un bonheur qu'elle n'auroit jamais pu prévoir, en fut quitte pour quelques douleurs d'une violente colique, qui fut dissipée dans l'instant par un effet admirable de l'Eau de la Reine d'Hongrie. Le vieillard Alphonse, sous l'habit de Bailli, fut dispensé de répandre des larmes. Dom Pedre ne chercha point à confondre son ame avec celle d'Inés; & tous bien loin de s'embarasser comment ils pourroient survivre à leurs malheurs, ils chanterent, danserent, cabriolerent, & de la bonne sorte.

Déja le Spectateur François, élevé dans l'école de la Critique, avoit exposé ses sentiments sur ce nouveau Poëme; & comme son occupation est d'étudier les hommes, & qu'il recueille attentivement leurs pensées sur toutes les choses qui attirent les yeux du Public, la Tragedie d'Inés ayant charmé leurs yeux & leurs oreilles pendant 80. Répresentations, après avoir prouvé authentiquement, du moins à ce qu'il croit, que le bon goût pour les Ouvrages d'esprit n'a jamais été si generalement répandu ; il en conclut que les Vers de ce Poëme sont durs & mal construits, que les expressions sont vicieuses & louches, que la conduite est pleine de défauts essentiels, mais que cependant la Piéce est interessante, ou si vous aimez mieux dire, qu'elle est touchante, magnifique & bien conduite du commencement jusqu'à la fin ; ce qui est à mon gré la même chose en termes differents.

L'Auteur des Paradoxes vint ensuite par ses mensonges tâcher d'obscurcir la gloire dûë au vrai merite, & s'avoüant à tous pour un insigne menteur, il crut par ses détours ingenieux leur mieux imposer & ménager en même tems par ses adroites flateries, & l'Auteur & les Spectateurs. Mais il s'est trompé, ses finesses n'étoient pas assez bien couvertes, personne ne s'y est mépris, & lui seul s'est abusé, puisqu'ayant avancé ses Paradoxes comme des mensonges, il les croit tres-veritables. Quel triomphe inesperé de convertir un tel homme !

Un Sectateur de cet Auteur mensonger, ayant vû les Paradoxes devenus à la mode par les applaudissemens du Public, toujours partisant des rieurs, vint masqué d'un air de sincerité pour en imposer également ; il reprocha à l'Auteur des Paradoxes de n'avoir jamais fait beaucoup de dépenses en éloges, dans le tems même qu'il en faisoit beaucoup en malignes expressions, & qu'à l'instar de M. de la Motte, il n'ose par respect pour le Public reformer les défauts qu'on a trouvé dans le Poëme, parce qu'il n'eſt, dit-il, que trop pour bon notre ſiécle.

Un Gentilhomme de Province, à qui la renommée avoit appris la beauté de cette Tragedie, vint à Paris bien moins dans l'intention de l'écouter, que de la critiquer. Il ſe l'étoit bien promis, mais la nouveauté brillante des expreſſions, & la force des ſentiments l'éblouïrent & l'enchanterent à tel point, que ſi Thalie jalouſe juſqu'à la fureur du ſuccès de cette Piéce, ne fût venuë lui montrer la Préface de M. de la Motte, & la liſte des Acteurs de la Tragedie, il ſe ſeroit peu embaraſſé de ſe dédire, peut-être eſt-il Normand, je n'en ſçais rien; quoiqu'il en ſoit, pour ſortir d'embarras, il fut dans la Place de Sorbonne, & fit enſuite imprimer une Lettre qu'il écrivit à ce ſujet à un de ſes amis, à laquelle pour donner plus d'autorité il mit ce titre pompeux, *Lettre d'un Gentilhomme de Province à un de ſes amis, &c.* ce qui prouve aſſûrement que notre Provincial eſt encore mieux inſtruit de ce qui ſe paſſe à Paris que dans le Païs des Muſes. En effet il y a quelque raiſon de croire qu'on eſtime la Nobleſſe dans un lieu où les Nobles ſe multiplient tous les jours, & où avec de l'argent le plus vil roturier peut en moins de vingt-quatre heures acheter en même tems de la Nobleſſe, des caroſſes, des armoiries, des chevaux, le droit d'impatienter ſes cliens, de faire enrager les domeſtiques, & de ſe faire craindre & reſpecter même par de plus Nobles que lui.

Thalie ſatisfaite de ſon Gentilhomme, le renvoya dans ſa Province faire ſes vendanges, & après l'avoir quitté dans la Place de Sorbonne, elle vola dans un College du voiſinage, pour mettre dans ſon parti un Precepteur de ce College. Il frémit d'abord au ſeul nom de M. de la Motte: mais enfin il falloit écrire, & il crut qu'en employant quelque traits de Rethorique, il se disculperoit de ses temeraires remontrances. Le masque de l'humilité lui servit beaucoup ; le dessein de sa Lettre n'est, dit il, ni d'abattre les lauriers de M. de *la* Motte, ni même de les flêtrir le moins du monde. D'autres auroient dit mon dessein dans cette Lettre, ou bien le dessein que je me suis proposé en vous écrivant ; mais ne vous étonnez pas de ce que sa Lettre est si guindée ; ce Precepteur a cru peut-être faire un Sermon, il l'a divisé en trois parties, a negligé le style épistolaire, & le beau François, s'est contenté de ne pas s'élever en Aristarque, d'Aristarque même. De plus il a avoüé qu'il n'étoit point jaloux des Couronnés que notre siecle distribuë avec tant de liberalité aux Orateurs & aux Poëtes. Peut-être est-il en cette occasion semblable au Renard d'Esope & de Phédre. Si cela est, on avoüera avec lui qu'il ne doit pas prétendre appeller à son Tribunal & la Cour & la Ville, pour voir réformer leur Jugement au sujet d'Inés de Castro.

Enfin le Poëte sans fard voulut aussi s'en mêler, & pour déchirer la réputation de M. de la Motte, il usurpa le titre de Secretaire du Parnasse, entreprit de prouver que la corruption regnoit dans la République des Lettres, & pour y mieux réüssir, il herissa son style d'Epigrammes caustiques, de pointes triviales & ridicules, & arma sa premiere phrase d'un *quoique*, & d'un *puisque*, qui de la façon dont ils sont rangez, seroient insupportables dans le langage le plus vulgaire. Ce Poëte qui se fait appeller sans fard, a dérogé dans cet écrit au nom glorieux qu'il s'est donné lui-même, puisque quelques-uns de ses amis lui ayant envoyé des Epigrammes au ſujet de ce Poëme, il en a fardé ſes écrits; je ne ſçais pas même s'il ne s'eſt pas fardé en propoſant au Public ſes Souſcriptions deſintereſſées. Quoiqu'il en ſoit, à quoi bon de décrier un Corps auſſi reſpectable que l'eſt celui des Libraires? A quoi bon les accuſer d'avidité & d'avarice? N'auroit-il point ſujet de ſe plaindre du ſien? Je ſçais un excellent ſecret pour le rendre encore plus avide; il n'a qu'à imprimer à ſes dépens les Ouvrages où notre Poëte ſans fard ſe plaira à déſarder juſqu'aux penſées des humains; il peut compter de ne jamais perdre au décri. J'avouë que ce qui vient de m'échaper eſt un peu ſatyrique; mais à bon chat bon rat; c'eſt le payer tres-honnêtement en même monnoye.

A toutes ces Critiques ſi fortes, du moins en apparences; Melpomene oppoſa quelques Réponſes, qui ne me paroiſſent pas ſuffiſantes. Ces réflexions de M. ***. défendent, il eſt vrai, ce Vers de M. de Campiſtron.

Il eſt comme à la vie un terme à la vertu;

Mais on s'attendoit à voir détruire les objections du Spectateur à l'occaſion d'Inés de Caſtro; & cependant il n'en eſt preſque fait mention que dans ſon titre.

L'Auteur de la Réponſe à M. ***. ſur les ſentiments du Spectateur, juſtifie à merveille la conduite de ce Poëme; mais les loüanges outrées qu'il a donné à M. de la Motte, ont diminué la force de ſon raiſonnement, & l'ont rendu ſuſpect.

La Réponſe aux Paradoxes Litteraires eſt écrite avec eſprit; mais elle n'embraſſe pas toutes les Critiques d'Inés de Caſtro. Il me paroît que ſon Auteur eſt pour le moins auſſi ingenieux que celui des

Paradoxes. Il a fait trop de plaisir à ses Lecteurs pour ne lui pas rendre la justice qu'il merite. Plusieurs lui ont donné la préférence sur celui qui a sçû si bien manier le Sarcasme & l'Yronie, j'en fais le Public Juge. Notre Auteur ïronique compose le Journal des Sçavans.

On fit ensuite un examen de cette Tragedie, & des Piéces ausquelles elle a donné lieu. Cet Auteur prétend interesser plusieurs gens d'esprit qui ont eu part aux Critiques & aux Réponses ; il a raison du moins pour quelques-uns, car il en est du nombre ; mais il n'a pas encore sçu appaiser les revoltez. On a vû depuis des Considerations philosophiques sur le succès de la Tragedie intitulée Inés de Castro, & toutes les Piéces réünies n'ont fait tout au plus que découvrir cette espece de conjuration qui s'étoit déclarée contre M. de la Motte, sans avoir rien laissé de certain sur cette matiere dans toutes les conversations. Dans toutes les compagnies M. de la Motte trouvoit des aggresseurs & des défendeurs : Melpomene prétendoit toujours l'emporter sur Thalie ; Thalie d'un air moqueur ne le vouloit point ceder à Melpomene, & ce fut pour terminer leur differend, qu'Apollon fatigué de leurs frequentes disputes, voulut toutes deux les entendre. D'abord il leur ordonna de se trouver sur le Parnasse le jour qu'il leur avoit marqué; mais comme il y en avoit de ceux pour qui *Pegaze est retif, & refuse de voler*, & qu'Apollon ne vouloit point les juger sans les entendre, il consentit à descendre dans le sacré vallon.

Toutes les Parties interessées s'y trouverent, il n'y eut que M. de la Motte qui persista toujours dans sa résolution de ne point répondre à ses Critiques,

A peine Apollon fut-il arrivé ; que Momus qui avoit donné la main à Thalie, fit un éclat de rire extraordinaire, dont il ne voulut jamais dire la raison ; mais on peut aisément deviner que ce fut à cause de l'emploi qu'on lui donna de présenter lui-même tous ces severes Censeurs, lorsqu'il seroit tems de les juger.

Melpomene sentit une si grande joye de pouvoir disputer en plein champ avec sa rivale, & de la voir consentir & approuver d'avance le jugement d'Apollon, qu'elle commença en ces termes avec un air plein de confiance.

Vos Critiques, ma sœur, sont souvent trop temeraires, & je suis charmée de pouvoir ici vous le prouver. *Votre Comedie d'Agnés de Chaillot n'est point ce dont je me plains, elle m'a diverti, j'ai ri moi-même : cette mascarade m'a paru rejoüissante* ; mais je me plains avec raison que vous ayez employé des gens de mauvaise foi pour critiquer sans ménagement une Tragedie, qu'un de mes plus chers nourissons vient d'exposer sur la Scene Françoise. Son extrême modestie méritoit plus de docilité de leur part. Un Auteur qui avoue avec docilité qu'il y a des fautes dans son Poëme, mérite bien qu'on ait pour lui un peu d'indulgence.

Vous avez raison, ma sœur, répondit Thalie ; mais avec sa modestie apparente il le prend sur un ton un peu haut. *Pour ramener*, dit-il, *les hommes à l'amour de la raison & de la vertu, il faudroit mépriser jusqu'aux talents qui osent en violer les regles.* Non, Madame, il n'appartient ni à lui ni à vous de me mépriser ; j'ai mes talens. Et suffit, ils plaisent du moins autant que les vôtres. *Quel zele plus loüable que celui de la Critique, non rien n'est plus utile pour perfectionner le goût du Public, pour lui apprendre à discerner l'excellent du mediocre* ; & souvent rien ne seroit plus necessaire pour le desabuser : En effet quels aveugles applaudissements le Public n'a-t-il pas donné aux répresentations d'Inés de Castro ? Oseriez-vous ici, Madame, entreprendre de répondre aux objections que je pourrois faire en vous montrant les défauts innumerables de ce Poëme merveilleux, qui n'est ni tragique, ni comique, & qui devroit être l'un ou l'autre ? Que de tems je perdrois, si je voulois ici vous les détailler ; mais je vous renvoye aux Critiques que j'en ai fait imprimer ; mettez la main sur la conscience, & vous avoüerez que l'on n'est pas de si mauvaise foi que M. de la Motte veut le faire croire ; il peut bien compter que je n'oublierai jamais les termes injurieux dont il a qualifié le Spectateur François, & je lui promets d'avance de la part de l'Auteur des Paradoxes une Critique de ses Ouvrages. Je suis bien sûre que si *vous eussiez lû sans prévention la Lettre que je lui ai fait écrire au sujet de sa Tragedie, vous eussiez adheré à mes sentiments* ; mais il y va de votre honneur, vous vous êtes répandu en loüanges excessives, & je crois entre nous que vous aurez bien de la peine à le tirer du mediocre. De grace, que dites-vous de l'Analyse que le Spectateur a faite de la Tragedie de M. de la Motte ? Quelle extravagance d'assembler un Conseil où le Seigneur Alphonse, surnommé le Justicier, prétend inhumainement soutenir ce titre, en sortant de l'égalité où les avis opposez des deux Conseillers opinants, doivent tenir la balance suspenduë pour condamner son fils à la mort, & le sacrifier à ce qu'il prétend à ses Sujets, parce que les deux autres Conseillers gardent le tacet, & ne lui disent rien ! Ce sont les propres termes de cet Auteur.

Je vois trop vos conseils, ce silence, ces pleurs,
M'annonçent mon devoir en plaignant mes malheurs;
Je condamne mon fils, il va perdre la vie;
C'est à vous, chers sujets, que je le sacrifie.

Il est vrai, *qui ne dit mot, consent.* Voilà, Madame, tout ce que vous pouvez alleguer pour sa justification, & ce qu'a dit avant vous le Bailli de Chaillot. Lisez, lisez la suite de cette Critique, je vous permets d'y répondre, & je voudrois pour ma gloire qu'on vous pût contraindre à resoudre toutes les objections que je vous ai fait proposer par le Spectateur François, par l'Auteur des Paradoxes, par le Secretaire du Parnasse, &c. . . . . Le Secretaire du Parnasse, interrompit Apollon; il ne me souvient point d'avoir encore créé cette Charge; quel est le témeraire qui se fait appeller ainsi? Vous le sçaurez bientôt, repartit Momus, il n'est pas encore tems de vous le faire connoître. Pour moi, dit Melpomene, je n'ai point encore connu de Secretaire du Parnasse. Pour répondre à sa Critique, répondit Thalie avec emportement, il n'est pas necessaire de le connoître, & je vous le dis encore une fois, ma sœur, je voudrois qu'on pût vous y contraindre, je crois que vous vous trouveriez bien sotte.

Non, ma sœur, il ne sera pas besoin de m'y contraindre, dit Melpomene, avec une noble fureur j'accepte le défi que vous me faites, & j'espere vous faire voir que l'Auteur d'Inés est illustre, & que sa Tragedie est bonne dans toutes ses parties. Croyez-moi, dit Thalie, ne l'entreprenez pas.

Abandonnez, ma sœur, tous ces frivoles soins,
Vous l'excuseriez mieux, en la défendant moins.

Eh bien ! dit Apollon, puisqu'elle a accepté le défi, il faut voir tous ceux qui ont écrit contre cette Piéce, ils doivent être ici presents : ils y sont aussi, dit Momus ; faites donc ce dont vous êtes chargé, reprit Apollon, que chacun par ordre dise ses sentiments, j'entendrai ses réponses, & je vous jugerai ensuite.

Momus fit avancer d'abord le Spectateur François, & tous les autres lûrent ensuite leurs écrits. Quand cette lecture fut finie, Thalie sans écouter les raisons de Melpomene, continua ainsi.

Quoique je sois persuadée qu'il vous sera impossible de disculper votre Auteur de tant de défauts essentiels qu'on vient de vous faire remarquer, je ne puis encore m'empêcher d'y ajoûter quelques Vers qui pechent contre les regles de la Poësie. Quand vous serez en traint, il ne vous coûtera pas davantage de répondre à toutes ces difficultés ensemble, en cas que vous le puissiez faire.

ACTE PREMIER.

SCENE SECONDE.

Dom Pedre sur vos pas au sortir de l'enfance,
Vous vit des Africains terrasser l'insolence,
Cent fois *brisant leurs Forts*, perçant leurs Bataillons
De ce sang *temeraire* inonder vos sillons.

A t-on jamais dit, *briser des Forts* ? Ce terme me paroît neuf, & de plus impropre. De ce sang *temeraire*, j'en dis autant de cet Epithete.

Vous *traciez la carriere* où son courage vole,
Et vos nombreux Exploits ont été son école.

C'est avilir toute la gloire du pere, pour en couvrir le fils.

Il moissonne en courant, ces troupes fugitives.

Poursuivre des gens qui s'enfuyent; en verité voilà tout au plus ce que feroit un poltron. Je ne m'étonne plus après cela s'il rapporte aux pieds d'Alphonse leurs dépoüilles captives; mais je ne comprend pas comment M. Houdart ne nous l'a pas dépeint avec plus de generosité; il est vrai qu'il l'auroit fait sortir de son caractere fougueux, insensé, & de petit maître. Oüi, il a eu raison, je me retracte; à quoi bon chercher à instruire des gens qui en sçavent plus que lui par des portraits vertueux? Que lui eût-il servi de peindre Dom Pedre genereux, & de nous répresenter son Inés comme une chaste amante, fidelle aux loix de la pudeur? Il eût passé pour temeraire, & peut-être même qu'il n'eût pas plû; ce qui auroit été formellement opposé au desir, au dessein, & à l'espoir qu'il a de plaire au Public.

SCENE TROISIE'ME.

ALPHONSE.

Auroit dû de mon fils faire aussi *son* Epoux.

Si son. Voilà un fort vilain son pour qui aime l'harmonie.

LA REINE.

Auprès de la Princesse il est presque *farouche*.

Ce terme m'a paru extraordinaire, pour dire indifferent.

ALPHONSE.

S'il poussoit jusques-là l'orgüeil de sa victoire,
D'autant plus criminel qu'il s'est couvert de gloire.

Je ne comprends pas comment un homme se rend criminel en se couvrant de gloire.

ALPHONSE.

Et s'il falloit choisir, je ferois voir qu'un Roi
N'a point à balancer entre un fils & sa foi.

Heureusement pour les Spectateurs, M. de la Motte n'a pas tenu parole, je dis heureusement; car s'il s'étoit beaucoup soucié de tenir sa promesse, il auroit été obligé de retrancher presque tout le quatriéme Acte, où ce bon Prince dans la premiere Scene balance tant de fois entre son fils & sa foi, où dans la seconde il tâche par les Discours les plus tendres de faire consentir son fils à ce mariage, où dans la troisiéme il expose aux Conseillers les sentimens opposez qui regnent dans son cœur, pour les engager à lui donner des avis qui ne servent qu'à le faire paroître cruel; je n'ose dire odieux, où dans la quatriéme son cœur desavouë l'Arrêt que sa bouche vient de prononcer, & enfin dans la cinquiéme où il dit à Constance qu'il a dû le condamner, & où il gronde la Reine de ne pas pleurer Dom Pedre avec lui.

On peut dire ici en passant qu'Alphonse prouve

par ce Discours qu'il ne connoît gueres bien le caractere de sa femme, pendant qu'à la cinquiéme Scene du cinquiéme Acte, lorsqu'il voit Inés empoisonnée, il assure qu'il sçait bien d'où part cet affreux sacrifice.

SCENE QUATRIEME.

LA REINE.

A ce cœur prévenu, quel funeste *bandeau?*

On ne met point un *bandeau* sur le cœur.

Je brûle de sçavoir *à qui j'en dois les coups.*

Devoir des coups. Cette expression me paroît barbare, & cette hemistiche de Monosyllabes ne me flatte pas l'oreille agréablement.

SCENE SIXIE'ME.

INES.

Même sur l'échafaut *je cherirois l'honneur.*

Ceci assurement n'est pas mal inventé; comme M. de la Motte, homme d'esprit certainement, avoit peut-être prévû qu'on lui reprocheroit que son Inés avoit forfait à son honneur dans le tête à tête, il lui fait dire ici qu'elle *cherira l'honneur* même en Public.

ACTE SECOND.

SCENE SECONDE.

ALPHONSE.

MAis Prince ma bonté,
Se dissimule encor votre temerité.

On dit bien, *dissimuler quelque chose* à quelqu'ún, ou bien *dissimuler les sentimens* ; mais on ne dit pas *se dissimuler* quelque chose : ainsi en personnifiant le mot de botté, il auroit pû dire :

Mais Prince ma bonté
Me dissimule encore votre temerité.

DOM PEDRE.

Laissez aux droits du sang ceder la politique,
Epargnez-moi, de grace, *un ordre* tirannique.

Epargner un ordre, cela n'est pas françois.

ALPHONSE.

Vos fureurs ne sont pas une regle pour moi,
Vous parlez en Soldat, je dois agir en Roi.

M. de la Motte ne sort jamais de son caractere, il veut toujours plaire au Public. Pourroit-il mieux y réüssir, qu'en pillant des Vers du Cid, Tragedie du grand Corneille ? mais du moins il ne falloit pas quelque tems après faire rougir Alphonse. Cela est bas, & je n'aime point ce Vers dans la bouche d'un Roi.

Madame qui l'eût crû ? *Je rougis* de le dire.

ACTE

ACTE TROISIE'ME.

SCENE TROISIE'ME.

ALPHONSE, *à Inés.*

N'Y qu'en entretenant ses transports furieux,
Votre cœur ait eu part au crime de mes yeux.

Dire *que les yeux d'Inés sont criminels*, parce que Dom Pedre a été épris de leurs charmes, cela seroit vrai dans le sens opposé : C'est-à-dire, si la belle Inés eut senti allumer dans son cœur une coupable flâme pour Dom Pedre.

SCENE HUITIE'ME.

ALPHONSE.

Ne suivez point mes pas
Dans ces affreux momens je ne me connois pas.

Il a bien raison de dire qu'il ne se connoît pas, car il y a déja long-tems qu'il ne sçait ni ce qu'il dit, ni ce qu'il fait.

ACTE QUATRIE'ME.

ALPHONSE.

TOn Pere & tes Sujets vont te perdre à la fois,

Ta mort est aujourd'hui le bien que je leur fais.

Cela a été bien facile à dire à M. de la Motte ; mais il ne lui seroit pas si facile de le prouver.

SCENE TROISIE'ME.

RODRIGUE.

Sa vie est tout, Seigneur, & la *mienne n'est rien.*

Admirez l'harmonie de la fin de ce vers.

SCENE CINQUIE'ME.

ALPHONSE.

Je vois trop qu'aujourd'hui mon fils n'a plus de mere.

Cela voudroit-il dire que si la mere de Dom Pedre vivoit, elle auroit sçû prendre le bon homme Alphonse par son foible ? je n'en sçais rien. Je voudrois pourtant bien le sçavoir ; qui pourra donc m'en instruire, je n'en sçais rien encore. L'Auteur de ce Poëme est obligé en conscience de me l'apprendre ; mais il ne le fera pas, car il ne paroît pas en sçavoir plus que moi là-dessus.

ACTE CINQUIE'ME.

SCENE DERNIERE.

INE'S.

NOn, cher Prince, vivez. *Plus fort que vos malheurs.*

Elle lui veut dire de se mettre au-dessus de ses malheurs. Un tel Vers, avoüez-le, Madame, avoit besoin de ce Commentaire.

Elle se tût à ces mots, & Momus prenant la parole, lui demanda en riant, si elle avoit tout dit. Oüi, répondit-elle; allons donc, dit-il à Melpomene, à vous le dez, Madame, tirez-vous d'affaire le mieux que vous pourrez. Ce ne sera pas sans peine, *reprit Thalie*, lors Apollon lui imposa silence, & ordonna à Melpomene de répondre aux objections qu'on lui avoit proposé sur le Poëme d'Inés: ce qu'elle fit en ces termes.

Je l'ai bien crû, Seigneur, qu'étant Juge équitable,
Vous ne vous plairiez pas à me croire coupable,
Que vous-même plaignant, l'état où je me vois,
Ne m'accableriez point. . . .

De grace écoutez-moi.

Dit Apollon, Muse, parlons en Prose; car la dispute pourroit bien ne pas si-tôt finir.

Eh bien! j'y consent, dit Melpomene, & pour commencer par le Spectateur François, & par les Paradoxes, je puis dire d'abord en general que chaque Censeur voudroit contraindre un Auteur à penser à sa mode. Cela est facile à conclure, en voyant la contrarieté qui regne dans les opinions des Critiques d'Inés. Mais pour y répondre en forme, je voudrois bien lui demander en quoi l'ordonnance de l'Ouvrage revoltoit les gens d'esprit dont il parle, & je nie hautement que l'intrigue de cette Piece soit semblable à ces petites Comédies, où les Peres menacent de desheriter leurs enfans, s'ils n'épousent la femme qu'on leur destine,

& je ne puis concevoir comment des gens d'eſprit trouvent à redire à la rigueur & à la foibleſſe d'Alphonſe, à l'imprudence de Dom Pedre, & à l'aigreur de la Reine. Il ne nous ſera donc plus permis de répréſenter ſur la Scene les hommes tels qu'ils ſont. N'eſt-il pas du devoir d'un Roi de punir un coupable, & n'eſt-il pas naturel à un pere de chercher à le ſauver ? N'eſt-il pas dans le caractére d'un Amant prêt à perdre l'objet qu'il aime, de s'emporter même contre ſon pere, & ne peut-il pas lui échapper dans la fureur qui l'anime, d'avoüer ſon amour à celui qui ſeul peut couronner leur mutuelle ardeur ?

Lorſque Dom Pedre épouſa Inés, le Roi de Portugal n'avoit point encore fait ſon Traité d'alliance avec le Roi de Caſtille, ſa mere n'avoit point épouſé Alphonſe, & par conſequent Dom Pedre n'étoit point abſolument criminel, d'autant plus qu'Inés étoit fille de qualité. Ce Prince ne pouvoit-il donc pas eſperer de la bonté de ſon pere, la grace qu'il lui demandoit d'abord pour Inés ? Mais Dom Alphonſe que les ſoupçons de la Reine avoient échaufé, lui impoſe ſilence avec autorité. *Taiſez-vous*, dit-il, à Dom Pedre. Ce Prince qui voit que l'on confie ſon Amante à ſa plus cruelle ennemie ; ne peut-il pas s'écrier ?

O ciel ! en quelles mains l'allez-vous hazarder ?
Vous expoſez ſes jours.

Alphonſe irrité ne lui donne qu'un jour pour réparer ſes refus. Dom Pedre qui ſçait bien qu'il n'eſt plus en état de les réparer, ſort avec fureur en diſant ces mots :

Ah pour Inés tant de rigueur m'accable,

Je sors. . . . .

& à part.

Mais je crains bien de revenir coupable.

Je vous l'avouë, rien ne me paroît plus naturel, rien aussi, à mon gré, n'est plus ridicule que leur avis au sujet de Constance. Quelle secheresse, & quelle inutilité dans le Rôle de cette Princesse! *Voilà comme ils parloient*, dit le Spectateur, *tous d'une commune voix.* Cela ne prouve-t-il pas à la justification de M. de la Motte, que les Censeurs qui parlent dans cette Critique sont passionez & de mauvaise foi? N'auroit-on pas même lieu de croire qu'ils méprisent la vertu, puisqu'ils trouvent le caractere de Constance, inutile & méprisable! En effet, quel plus beau Rôle a jamais paru sur la Scene! quelle douceur! quelle generosité! quelle tendresse! la vertu brille dans tous ses sentimens, & l'ardeur avec laquelle elle bravoit la cruauté de sa mere, laisse un exemple à suivre à la posterité, & donne une preuve autentique, qu'une jalousie excessive, & qui nous porte aux dernieres extremitez, est un écüeil dangereux, que sçavent éviter les belles ames.

C'est pourtant ce que ne peut concevoir M. Desfontaines: *Il n'est point*, dit-il, *dans nos voies d'aimer tranquillement qui nous hait.* Læsus amor fit furor. *Quand une femme continuë. Si elle aime un homme qui la méprise, son amour devient la mesure de sa haine.* Spretus amor mensura odii. Et moi je prétend que quoiqu'une aveugle jalousie soit assez ordinaire dans les femmes, elle ne produit pas dans toutes, les mêmes effets. Il y en a qui par prudence ou par timidité sçavent appeller la raison à leur ſecours dans leurs plus violents tranſports. Quelques-unes mépriſent avec la même fierté ceux qui les mépriſoient, & il ſeroit à ſouhaiter que toutes euſſent cette même generoſité avec laquelle Conſtance dit à la Reine :

Ah ne vous chargez pas de ces barbares ſoins ,
Quand je ſerai vangée , en ſouffrirai-je moins.

Theone me paroît du même caractere que Conſtance , & cependant le Public ne l'a point traité de ſotte & d'imbecille. Phaëton neanmoins encherit encore ſur Dom Pedre , il avouë à Theone qu'il va rompre ces nœuds , ces ſermens , qui devoient à jamais les unir , & ſe contente de lui dire :

Aux loix de mon Deſtin j'ai regret d'obéir ,
Je ſuis touché de votre peine.

Remarquez cependant la moderation , & même la tendreſſe des réponſes de Theone.

Helas ! vous me plaignez , & vous m'allez trahir,
Vous m'offrez une pitié vaine.

Eh bien ! lui dit Phaëton.

Puniſſez-moi par votre haine.

Ce ſeroit alors ſelon les principes de M. Desfontaines , qu'elle devroit employer la menace & l'outrage ; écoutez au contraire la tendreſſe avec laquelle elle lui répond.

Ai-je un cœur pour vous haïr.

Conſtance penſe de même au ſujet de Dom Pedre , lorſqu'Alphonſe lui dit :

J'ai peine à concevoir , Madame , que mon fils ,

Soit aux yeux de Constance, un objet de mépris.

Et qu'elle lui répond.

Un objet de mépris : Helas ! *s'il pouvoit l'être*,
Si moins digne, Seigneur, du sang qui l'a fait naî-
tre,
Son hymen à mes vœux n'offroit pas un Heros,
J'attendrois sa réponse avec plus de repos ;
Mais je ne feindrai pas de le dire à vous-même;
Je ne la crains, Seigneur, que parce que je l'ai-
me.

Ce, *s'il pouvoit l'être* : Ne répond-t-il pas à ce Vers de Theone.

Ai-je un cœur fait pour vous haïr.

Et les Vers suivans.

Cependant malheureuse autant je m'interesse ;
Autant je me sens loin d'obtenir sa tendresse.
Objet infortuné de ses tristes tiedeurs,
Je devore en secret mes soupirs & mes pleurs ;
Mais il me reste au moins une foible esperance
De trouver quelque terme à son indifference.

Et la réponse de Constance à la Reine.

Oüi, tout ingrat qu'il est, Madame, je l'adore,

Ne nous remet-elle pas en memoire les paroles de Theone,

Dans mes malheurs que faut-il que j'espere ?
J'aime un ingrat qui trahit nos amours,
Et je sens malgré ma colere
Que tout ingrat qu'il est je, l'aimerai toujours.

M. Desfontaines paroîtra-t-il avoir plus de raison,

lorsqu'il trouve extraordinaire que Constance s'adresse à Inés sa rivale, pour sauver le perfide qui la méprise, parcequ'il ne peut croire qu'une femme puisse aimer une rivale. *Cela n'est point*, dit-il, *dans nos voïes* pour la convaincre; je le renvois encore à Theone. Son amitié pour Libie anneantit entierement la malice, ou si vous aimez mieux la fausseté de son Paradoxe. Vous changez, dit elle, à Phaëton.

Vous changez, cependant ma peine est sans égale,
Peut-être souffrirois-je moins
Si je pouvois haïr une rivale.

D'ailleurs je veux bien avoüer pour un instant avec M. Desfontaines, que cette heroïne est chimerique; mais qu'il m'avouë aussi qu'il seroit à souhaiter que les femmes ni les hommes ne connussent point cette horrible passion, ou du moins ne s'y abandonnassent pas entierement, puisqu'elle rend ceux qu'elle possede insupportable à tous, & quelquefois à eux-mêmes.

Sans doute voici une belle occasion pour M. Desfontaines, vîte qu'on lui redonne le sarcasme, il va pour cette fois le manier & le remanier; je suis sûr qu'il sera de mon avis, & je prévois déja combien il va exagerer le tort que fait la jalousie d'un vieux mari à une jeune femme coquette, qui ne lui accorde qu'à regret ce qu elle voudroit prodiguer à certain bel esprit, dont elle est entouziasmée.

Mais sans m'amuser à prévoir les veritez & les mensonges qu'il pourra dire là-dessus; il me semble avoir trouvé mieux que lui la raison pour laquelle M. de la Motte a imaginé ce noble & genereux caractere. Comme il vouloit plaire, il s'est fait gloire de passer pour Imitateur de Racine, & de Corneille ; en imitant Racine il a dépeint Alphonse & Dom Pedre comme sont tous les hommes, & en imitant Corneille, il a dépeint cette vertueuse Princesse, comme toutes les femmes devroient être, & je soutiens hautement que le caractére des Medées & des Armides est absolument contraire aux mœurs, au lieu que celui de Constance mériteroit de servir d'exemple à la posterité.

Les réflexions de M. Desfontaines sur la barbarie, l'injustice & la ferocité d'Alphonse tombent d'elles mêmes, & ne sont qu'un sophisme qui va disparoître après quelques momens d'attention.

Alphonse avoit fait un Traité avec le Roi de Castille, par lequel Dom Pedre devoit épouser sa sœur Constance. Etonné de voir si peu d'empressement dans son fils, & déja troublé, si j'ose le dire, par les soupçons de la Reine sa femme, il l'envoye chercher pour lui parler sur cet hymen. C'est dans cette situation que M. de la Motte a represen-té Alphonse & Dom Pedre. Je m'étonne, dit à son fils, ce Roi sage & moderé..

Je m'étonne toujours que sur cette alliance,
Vous m'ayez laissé voir si peu d'impatience ;
Que loin de me presser de couronner vos feux,
Il vous faille avertir, ordonner d'être heureux.

Dom Pedre répond à son pere qu'il esperoit plus de son amitié, & qu'il avoit crû qu'il voudroit bien entendre son silence, & ne lui ordonner rien. Ce mot irrite Alphonse ; mais la bonté de ce pere tendre se dissimule encore la temerité du fils. Ce n'est que la desobéissance du fils, jusques-là qui cause la colere du pere. Ecoutez ce que lui dit Alphonse.

Ne croyez pas qu'ici je vous faſſe une offenſe,
De dérober votre ame au pouvoir de Conſtance,
D'oppoſer à ſes yeux la farouche fierté,
D'un cœur inacceſſible aux traits de la beauté.

Je parie, dit Momus, en interrompant Melpomene, que les beautez de Paris ont pleuré à cet endroit, le moyen d'y refuſer des larmes! Quoi voir un jeune homme! que dis-je, un beau & grand Prince, âgé d'environ 27. à 28. ans, dont le cœur eſt inacceſſible aux traits de la beauté. Comment! c'eſt faire *un affront ſolemnel* aux charmes des beautez Pariſiennes. Pour moi, je l'avouë franchement: *Je n'ai critiqué cet endroit qu'en pleurant*, & je n'ai pû tarir la ſource de mes larmes qu'en me diſant ſouvent à moi-même. Doucement, mon cher Momus, ſuſpends ta douleur, ne t'afflige pas tant, tu ſors de ton caractere, va ſi pour Conſtance

Jamais un mot d'amour n'eſt ſorti de ta bouche,
Près de la belle Inés il n'eſt pas ſi farouche.

En verité, Madame, pour rendre cet endroit plus touchant, vous euſſiez dû pleurer auſſi, en nous le racontant. Cela eut fait rire le Poëte ſans fard.

Pour réponſe à votre burleſque objection, dit auſſi Melpomene. Je veux bien qu'il m'échappe un ſourire, & c'eſt vous donner toute la loüange qu'elle merite. Le ſourire de cette Muſe pleureuſe, dit Thalie en colere me feroit volontiers pleurer de rage & de dépit. Madame, lui dit la Muſe tragique, je vous ai laiſſé propoſer toutes vos difficultez, laiſſez-moi, de grace, que j'acheve de vous confondre.

Ce n'eſt donc que par rapport au Traité qu'Alphonſe menace ſon fils; mais ces menaces ne vont point à la mort, comme M. Desfontaines voudroit le faire croire. Le Vers,

Mais bientôt le rebelle effaceroit le fils.

n'en est point une preuve. Toute la suite de ce raisonnement ne prouvera jamais qu'Alphonse condamne son fils à mort, parce qu'il ne se marie point à Constance, & je vais concilier les contradictions que M. Desfontaines s'imagine trouver dans toute la Piéce.

La loi de Portugal ne rendoit coupable que l'objet aimé. M. de la Motte a imaginé cette loi, afin que le Royaume de Portugal tombant en quenoüille, la Couronne ne put point sortir du Sang Royal. D'abord expose ses soupçons au Roi, qui lui dit.

Mon fils, me resister. Juste ciel! j'en frémis;
Mais bientôt le rebelle effaceroit le fils.

Cela prouve-t-il une condamnation à mort? Ces Vers

Sortez de ma présence,
Ingrat, je mets encor un terme à ma vengeance;
Vous pouvez dans ce jour réparer vos refus:
Mais ce jour expiré, je ne vous connois plus.

sembleroient en dire encore davantage, & cependant ils n'en disent rien. Ce n'est qu'après l'emportement de Dom Pedre qu'Alphonse le fait arrêter. Rien ne dément son caractere: il est Roi: il est pere. Comme Roi il s'écrie.

De ta rebellion tu recevras le prix.

Et comme pere.

Traitre rends ton épée, & m'en perce le sein.

Ne pourroit-il pas, s'il n'eut écouté que sa justice, faire arrêter Dom Pedre dans l'instant, sans lui permettre d'ouvrir la bouche pour se défendre? mais il écoute sa bonté, & lorsqu'il voit qu'il ne s'occupe qu'à défendre Inés, il lui dit de craindre pour elle & pour lui. *Dom Pedre se livre alors à toute sa fureur.

S'il faut qu'elle périsse,

Dit-il au Roi.

Hâtez-vous donc, Seigneur, d'ordonner mon supplice.

Est-il hors de nos voïes qu'Alphonse irrité des menaces de son fils, dise à ses Gardes, de le délivrer de cet emportement, & est-il moins naturel que ce pere bon & tendre s'écrie en même tems?

Fils ingrat & rebelle où reduis-tu ton pere,
Faudra-t-il immoler une tête si chere?

Ce n'est donc point parce qu'il refuse d'épouser Constance qu'il est condamné à mort; c'est par rapport à sa rebellion. Alphonse lui-même le fait connoître. Ecoutez ce grand Roi.

Je ne sçais quelle voix crie au fond de mon ame,
Te justifie encor par l'excès de ta flâme,
Me dit pour excuser tes attentats cruels,
Que les plus furieux sont les plus criminels.

Et à Dom Pedre.

Et quand *par vos fureurs* vous m'avez offensé;
C'est vous même, mon fils, qui l'avez prononcé.

De telles preuves me paroissent suffisantes; mais il est encore un moyen de sauver ce cher Prince.

Alphonse ne peut plus, pour ainsi dire, en être le maître que par cet endroit. Dom Pedre peut mériter sa grace.

L'obéissance encor peut réparer l'audace.

Ce pere tendre fait un retour des menaces aux prieres, & c'est assûrement une des plus belles Scenes qu'on ait répresenté sut le Théâtre François.

J'oublirai tout enfin, dégagez ma promesse.

Dit le Roi, qui ignore toujours le mariage de Dom Pedre & d'Inés; cependant ce Prince persiste toujours dans ses refus: Alphonse fait entrer le Conseil qu'il avoit mandé, & ordonne au Prince de sortir.

Les termes dont Alphonse se sert pour exposer aux Grands le crime de son fils, prouve encore qu'il veut parler de sa rebellion.

Vous avez à vanger la Grandeur Souveraine.

Voilà, leur dit le Roi, pourquoi vous êtes assemblez, Rodrigue conclut pour la grace, & Henrique pour la mort: Alphonse juge & conclut aussi pour la mort: Jugement inique, dit M. Desfontaines, s'il en fut jamais; car un pere peut-il faire mourir son fils, parce qu'il ne lui obéit pas, & qu'il refuse d'accepter l'épouse qu'il lui destine? Il a raison de la maniere dont il l'explique: mais ou il s'est trompé, ou il a voulu tromper les autres.

Rodrigue est parent de l'Accusé, il en dit trop pour que la Justice d'Alphonse puisse suivre son conseil.

Daignez lui rendre Inés, s'il le faut qu'il l'épouse.

Dit-il au Roi. *Qui nimis probat, nihil probat.* Il ne faut donc pas s'étonner si Alphonse lui répond.

Je reconnois mon sang, cet effort magnanime,
Même en vous abusant est bien digne d'estime.

Henrique parle, comme dit M****, d'après la loi.

Dom Pedre par son crime a merité la mort,
Et les loix malgré nous, décident de son sort.

Et plus bas.

S'il faut qu'en sa faveur la pitié vous fléchisse,
Vous ne regnerez plus qu'au gré de son caprice,
Le peuple qui croira qu'il s'est fait redouter,
Sur ses moindres chagrins prêt à se revolter,
Et méprisant pour lui ses ordres inutiles,
Va livrer tout l'Etat aux discordes civiles.

Il n'est point étonnant, ce me semble qu'Alphonse écoute les raisons de l'Etat, après ce qui vient d'arriver à son fils, de le laisser en proye à un peuple perfide, qui promettoit, comme il dit lui-même, & sa tête & son Thrône à l'ingrat.

Pour ce qu'il s'agit des Conseillers muets, je n'ai rien à dire après M. ****. En effet, qu'est-ce qui auroit pu les empêcher de representer à ce Prince qui leurs vient de dire.

Triomphons vous & moi d'une vaine tristesse;
Que la seule justice ici soit la maîtresse.

Qui dit en même tems à Henrique.

Je vois ce qu'il t'en coûte, & tu m'apprends trop bien,
Qu'où la justice parle on doit n'écouter rien.

Qu'est-ce, dis-je, qui empêche à Rodrigue & aux autres Grands de representer au Roi la barbarie & la cruauté de son injuste jugement, & d'ailleurs Alphonse leur en donne le tems. Mais lorsqu'il voit qu'après leur avoir dit,

Je vois trop vos conseils, ce silence, ces pleurs,
M'annoncent mon devoir en plaignant mes malheurs :

Aucun d'eux ne prend la parole, il condamne son fils. Voilà ce me semble la réputation de M. de la Motte rétablie à l'égard des mœurs. Pour ce qui regarde le reste des Paradoxes, M. **** y a répondu sans replique, & cela est d'autant plus vrai, que ni vous ma sœur, ni l'Auteur des Paradoxes, n'avez osé vous défendre.

Les réponses que je viens de donner, serviront pour dévoiler les railleries misterieuses des Antiparadoxes. Avoüez, ma sœur, lui dit alors Thalie, qui s'ennuyoit bien d'être si long-tems sans rien dire. Avoüez, lui dit-elle, que vous & vos Partisans avez bien pris le change : Oüi, dit Momus, ils ont tous mordu à l'ameçon le mieux du monde. A ce qu'il paroît, dit Apollon, ils s'en sont encore mieux débarrassez. Mais achevez vos réponses, dit-il à Melpomene, afin que je puisse juger tous ces broüillons-là.

Seigneur, repartit Melpomene, je ne continuerai point que vous ne leurs imposiez silence. Qu'ont-ils donc tant à se quereller, dit Apollon ? C'est, répondit Momus, qu'ils ont tous d'un commun accord critiqué cette Tragedie ; mais aucun d'eux ne convient des sujets de Critique. L'un blâme la conduite, l'autre les Vers : Celui-ci louë ce que celui-là condamne. Tel condamne avec opiniâtreté, ce qu'un autre vient de loüer avec excès, & c'est ce qui cause la rumeur que vous voyez entr'eux. Faites-les taire, dit Apollon, à voir leurs yeux enflâmez, j'ai cru qu'ils se lisoient l'un à l'autre quelques-uns de leurs Ouvrages. Continuez, dit-il à Melpomene, & hâtez-vous de répondre aux autres difficultez qu'on vous a proposé.

Il me reste encore à répondre, reprit Melpomene, à la Lettre du Gentilhomme de Province à un de ses amis, à celle qu'on a écrite à M. de la Motte, & au Poëte sans fard, usurpateur à cette occasion du glorieux titre de Secretaire du Parnasse.

A l'égard du Gentilhomme de Province, quoiqu'il invite son ami à venir passer les vendanges chez lui. Je croirois volontiers que la fumée du vin nouveau lui avoit déja donné dans la tête, lorsqu'il lui a écrit cette Lettre. Il propose des objections sur l'Histoire qu'il détruit lui-même dans l'instant, en avoüant qu'un Auteur dramatique peut quelquefois falsifier certains endroits de l'Histoire, pour ménager quelque grand incident, ou quelque belle situation. Ne pourroit-on pas lui dire que son ame n'est pas faite pour se laisser toucher par de belles impressions, lorsqu'il prétend que M. de la Motte n'a pas tiré d'assez grands avantages de son anachronisme. Le seul personnage de Constance, & le traité fait avec la Castille, confondent son raisonnement, puisque c'est sur ce traité qu'est fondé tout le nœud de cette Tragedie. Mais, dit-il, puisqu'il avoit tant fait que de nous interesser pour des personnages imaginaires, il devoit du moins avant de finir sa Piéce, nous apprendre leur sort, &c. je crois qu'en cela il sera seul de son sentiment. On ne s'interesse dans tout le

cours

cours de la Piéce, que pour Dom Pedre & pour Inés. Si M. de la Motte avoit manqué à nous instruire de leur sort, sa réflexion eût été fort bonne; mais comme cela n'est pas, on peut conclure hardiment qu'elle ne vaut rien.

Pour celle de M. l'Abbé le Masson. Voici de quoi le contrequarrer. *Entreprendre & ne point achever, c'est un grand défaut.* Ce sont les propres noms qu'il a appuyé de l'autorité d'Aristote. Si donc c'est un grand défaut dans une Piéce de Vers de longue haleine? Que seroit-ce si ce défaut se trouvoit dans une Piéce prosaïque, & dans une petite Critique *où l'Auteur est obligé d'avoir raison.*

Cependant M. le Masson est tombé dans ce défaut, il a entrepris de prouver à M. de la Motte que son Poëme ne valoit rien. Pourquoi donc n'a-t-il pas achevé son entreprise? En voici la raison. C'est que sa modestie lui a fait craindre *d'abattre les lauriers de notre illustre Auteur*, & comme *le dessein de sa Lettre n'étoit pas de les flétrir le moins du monde.* Il s'est contenté de proposer des doutes, qu'il n'a appuyé que de foibles preuves.

L'entreprise de M. de la Motte me paroît achevée. Dom Pedre étoit marié à Inés, avant qu'il eût entendu parler de Constance. Par conséquent M. de la Motte ne pouvoit lui faire entreprendre autre chose que de résister aux volontez de son pere, & le changement subit d'Alphonse irrité, qui sent renaître toute sa tendresse à la vûë des enfans d'Inés, est le plus grand coup de Theâtre, & le trait le plus touchant qu'on ait jamais representé sur la Scene Françoise. Il auroit été plus étonnant qu'Alphonse eut condamné son fils, la bonté paternel ne peut résister aux gémissemens de ces enfans allarmez, il oublie, pour ainsi dire, ce qu'on lui a fait voir qu'il avoit à craindre de l'emportement de son fils. Il connoît alors que ce Prince ne s'étoit armé que pour défendre Inés ; il admire la noblesse du procedé de cette femme, qui n'avoit point voulu s'enfuïr, & qui en cela semblable à toutes les autres femmes, s'étoit promis que ses larmes attendriroient Alphonse. Il voit que, quoiqu'il puisse faire, les enfans qu'Inés lui présente, ont droit à la Couronne, tout lui parle en faveur de son fils : En verité il se seroit attiré l'indignation de tout le monde, s'il eût été assez cruel pour le faire mourir.

Que M. le Masson connoît mal les differents changemens dont le cœur humain peut être susceptible ! il auroit voulu qu'Alphonse eût écouté de sang froid les cris de cette mere affligée, & de ses enfans allarmez. Voici comme il en parle. *Alphonse enyvré du plaisir de voir deux enfans qu'il croit de son sang, sur le témoignage d'une femme ambitieuse, il les reconnoît pour ses heritiers, sans se donner le tems de sçavoir de son fils, s'ils sont de lui. Il est si charmé*, continuë-t-il, *d'un exploit si commun, qu'il pardonne à Dom Pedre, parce qu'il a fait deux enfans à Inés.*

Ce qui est de certain, c'est qu'on ne peut pas faire à M. le Masson la même grace qu'à Dom Pedre, car il se trompe dans ce qu'il dit au sujet d'Inés. En verité, est-il à présumer que les enfans qu'elle présente au Roi, ne soient pas ceux de Dom Pedre ? Oüi sans doute, me dira-t-il, cette femme est une artificieuse qui a menti en deux endroits, & fondé sans doute sur ce principe : *Mendaci ne verùmquidem dicenti creditur*, il ne veut pas qu'on croye que ses enfans sont les fruits de l'amour de Dom Pedre. Ce n'étoit pas assez d'avoir accusé Inés de dissimulation & d'artifice, il falloit le prouver; comment s'y est-il pris? *Témoin*, dit il, *ce Vers qu'elle adresse* à sa rivale.

Je sauverai le Prince, & peut-être pour vous.

Témoin cet autre où elle atteste le ciel qu'elle n'est pas unie par le lien du mariage avec Dom Pedre.

O ciel! que pensez-vous?

Et moi je vais aussi m'écrier. O Apollon! est-il permis d'accuser d'imposture une femme qui voit sa mort certaine par le secret découvert de son mariage, parce qu'elle s'écrie,

O ciel! que pensez-vous?

Ou parce qu'elle dit à Constance.

Je sauverai le Prince, & peut-être pour vous.

Inés à qui la Reine vient d'adresser cent paroles outrageantes, Inés qui à la Reine vient de dire.

Mais que fais-je? pourquoi perdre ici les paroles?
La haine n'entre point dans les détails frivoles,
Et que ce soit ou non l'ouvrage de vos mains,
On vous aime, il suffit, je ne vous haïs pas moins,
De Dom Pedre & de vous mes malheurs sont le crime,
Puissiez-vous l'un & l'autre en être la victime.

Ne peut-elle pas prévenir que la colere de cette femme imperieuse tombera sur elle?

M. le Masson en revient encore aux enfans. Ils font sentir à Alphonse

Que le sang a des droits,
Plus fort que les serments, plus puissant que les loix.

Et cela le revolte. *Il n'y aura donc plus*, s'écrie-t-il, *ni societé civile, ni sûreté pour la personne des Monarques. D'ailleurs quelle instruction trouve-t-on dans cette Piece. Ces quatre derniers Vers en font le resultat.*

Ma fille levez-vous, ces enfans que j'embrasse,
Me font déja goûter les fruits de votre race,
Ils me font trop sentir que le sang a des droits,
Plus fort que les sermens, plus puissant que les loix.

On peut, continuë-t-il, *representer le crime ; mais il faut aussi le punir, & chacun doit s'étonner qu'une avanturiere reçoive la récompense de son crime.*

Pour répondre à ces objections, fortes en apparence, je dis d'abord que souvent dans les plus grands Princes une violente passion a fait le même effet que le sang dans Alphonse. De plus, quel tort le pardon qu'il accorde à son fils peut-il faire à l'Etat ? Quel crime a donc fait Inés ? Elle a méprisé les loix, je le nie ; elle les a violé, cela est vrai, elle est criminelle à l'égard de la loi. *Alphonse devroit donc la punir de mort.* Voilà sa conclusion, mais cela auroit-il été naturel dans les voïes humaines ? & puisque les Rois peuvent changer les Loix Civiles, lorsque cela ne regarde point le bien des peuples, en quelle occasion pouvoit-il le faire plus raisonnablement que lorsqu'il s'agit de sauver la vie de son fils, & de rendre à des legitimes heritiers de sa Couronne un pere & une mere que les droits du sang viennent de lui rendre chers, en desarmant son couroux.

Mais, dit-il, le crime d'Inés est récompensé. Cela est faux, puisque, supposé que ce soit un crime, elle meurt empoisonnée, & je ne comprends pas comment on a osé dire que l'on ne sçavoit pas qui pouvoit l'avoir empoisonnée. Apparemment que de telles gens n'ont pas fait plus d'attention à l'emportement de la Reine, que M. le Masson a fait à la Scene seconde du deuxiéme Acte, & à la premiere Scene du troisiéme, lorsqu'il dit que la Tragedie d'Inés est sans instruction.

Le Poëte sans fard est du sentiment de M. le Masson au sujet du caractere d'Inés ; mais les Epigrammes impertinentes qu'il a inseré dans sa Gazette du Parnasse qu'il vient de donner au Public, ne prouveront jamais que le caractere d'Inés est contre les mœurs. Il ne s'agit pour le confondre, que de lui faire un *argumentum ad hominem.* S'il étoit vrai que ces deux Vers :

> Que j'expire à vos pieds, & qu'unis l'un à l'autre.
> Mon ame se confonde encor avec la votre,

fussent capables de salir l'imagination ; M. le Prieur de Baillon seroit tombé dans le même défaut, en voulant en reprendre M. de la Motte. Convenoit-il à un homme à Breviaire, je ne dis pas d'écrire, je dis plus, de lire cette horrible Epigramme.

> Inés de Castro sans pudeur,
> A Dom Pedre livre son cœur,
> Et son corps de telle maniere,
> Qu'elle devient deux fois, sa jument pouliniere.
> Cette Scene peu chaste & contraire à vos mœurs
> Devoit choquer les Spectateurs.
> D'où vient donc que Paris en a fait sa marotte ?
> C'est que Paris aime la Motte.

Cela ne choque-t-il pas les oreilles les moins chastes ? que veut dire encore celle où il dit que Dom

Pedre en Chevalier ſans peur a pris des pains ſur la fournée. Je ne ſçais ſi ce Poëte ſçait le ſort de ſes Epigrammes ; mais je crois que ſon orguëil ſeroit bien rabaiſſé, s'il en étoit pleinement inſtruit. D'abord on a rit de cette Gazette du Parnaſſe, mais bien-tôt après on en a mépriſé l'Auteur. Comment un homme qui ſe mêle d'écrire, & à qui Boileau dicte des Vers pendant la nuit, a-t-il pû transgreſſer les loix de ſon art poëtique ?

Le latin dans les mots brave l'honnêteté,
Mais le Lecteur François veut être reſpecté,
Du moindre ſens impur, la liberté l'outrage,
Si la pudeur des mots n'en adoucit l'image.

Et pour achever de confondre tous ces Critiques acharnez contre la réputation de Dom Pedre & d'Inés ; je leurs réponds, en leur avoüant, s'ils veulent, que ce mariage clandeſtin eſt un crime.

L'amour le moins honnête, exprimé chaſtement,
N'excite point en nous de honteux mouvement.
Inés aima Dom Pedre, il adora ſes charmes ;
Je condamne leur faute en partageant leurs larmes.

Pour ce qui regarde les défauts qui concernent la Langue Françoiſe, je les nie hardiment tous, ſans m'embaraſſer de les détailler, & ſi quelqu'un oſe entreprendre de prouver qu'ils bleſſent la langue, je leur prouverai auſſi le contraire, & qu'ils tombent tous dans les défauts qu'ils ont reproché à M. de la Motte. Ils ont beau le traiter d'orgueilleux, il ſuffit d'être Critique pour prouver qu'on l'eſt ſoi-même. M. Desfontaines en reprenant M. de la Motte de s'être comparé à Virgile, ſe met ſans y penſer en parallele avec M. A. . . . & le

Poëte ſans fard, crainte de ſe fatiguer pendant ſon ſommeil, il ſe fait écrire par Boileau les Vers dont il amuſe le Public. Je voudrois bien ſçavoir depuis quand ils ſont ſi bons amis, mais je le laiſſe en tirer gloire tant qu'il voudra, & je le blâme ſeulement de vanter avec tant d'audace les rêveries & les ſonges qu'il fait lire au credule vulgaire.

Il m'eſt donc aiſé maintenant de conclure que le Public a rendu juſtice au merite de M. de la Motte, en applaudiſſant aux répreſentations de ſa Tragedie, intitulée Inés de Caſtro.

Melpomene finit là ſon récit, & dit à Apollon qu'il pouvoit prononcer. Thalie le preſſa auſſi de rendre ſon Jugement, & Momus ayant fait avancer tous les ennemis de M. de la Motte, Apollon leur parla en ces termes.

La contradiction, la mauvaiſe foi, & les ſentimens oppoſez que l'on trouve dans vos Critiques, ſuffiſent pour vous juger tous, & je pourrois avec juſtice vous exiler du Parnaſſe, ſi vous y teniez un rang diſtingué; mais ce ſeroit trop peu, & vous devez attendre de moi un jugement plus ſevere.

Pour vous, le Spectateur François, votre Critique eſt remplie d'eſprit; mais vous uſſiez mieux fait de la faire plus ſolide. Si jamais vous faites encore quelque Critique, je vous ordonne de montrer avec douceur à l'Auteur, dont vous critiquerez les écrits, la maniere dont il faudra qu'il corrige les défauts que vous y trouverez.

Allez, lui dit Momus, Monſieur le Spectateur, une autre fois mettez mieux vos lunettes. Avancez M. Desfontaines, dit-il à l'Auteur des Paradoxes Litteraires.

Eh bien! lui dit Apollon, avez-vous quelque choſe à repliquer au raiſonnement de Melpomene?

Non, dit Thalie, en prenant la parole, je ne veux pas qu'il parle davantage sur cette matiere, j'ai d'autres gens en main qui sçauront appeller de ce jugement. Oüi, oüi, dit Momus, nous n'en manquons pas, & même ils le feroient dès à present; mais ils sont tous occupez pour le Theâtre de la Foire S. Germain.

Je vous ôte pour jamais le sarcasme, dit Apollon, puisque vous avez été assez jaloux de la gloire de M. de la Motte, pour chercher à l'étoufer dans vos embrassemens. Allez, sortez avec votre petit disciple, si jamais il fait quelques Ouvrages, je charge celui qui a répondu aux Paradoxes d'en éplucher les défauts.

Pour vous M. le Gentilhomme, vous eussiez bien mieux fait de rester dans votre Province, je vous défend de reparoître jamais sur le Parnasse.

C'est fort bien fait, lui dit Momus, vous viserez mieux à un liévre qu'à une Critique, vous voyez bien qu'ici vous n'avez pris qu'un rat. Allons vîte, paroissez, dit-il à M. le M * * *.

Eh! que vous êtes crotté, lui dit Apollon; on voit bien que pour arriver ici, il vous a fallu ramper dans les Marets bourbeux du Parnasse. M. l'Aristarque, je veux bien que l'on vous regarde comme un autre Aristarque, non pas comme celui de Samos, mais comme celui de Tegée d'Arcadie.

Helas! dit Momus, je le plains, il y aura des gens assez malins pour le metamorphoser dès son vivant en Rossignol de ce païs, & cela lui fera tort parmi ceux qui ne le connoissoient pas.

Quel est celui-ci, dit Apollon, en parlant du Prieur aux écrits caustiques.

C'est le Poëte sans fard, répondit Momus, qui depuis quelques jours s'est fait appeller le Secretaire du Parnasse. Oüi, dit Apollon, il est Poëte sans fard, & on peut dire de lui.

Il n'est point trop fardé, mais sa Muse est trop
nuë.

Je voudrois bien sçavoir, continua-t-il, en lui adressant la parole, pourquoi vous avez usurpé le glorieux titre de Secretaire du Parnasse. Je vous défend de le reprendre, & pour vous faire connoître à tous comme un usurpateur, je veux qu'on affiche cette Epigramme dans toutes les Terres de mon obéissance.

Par un défaut contraire à celui de Brebeuf.
G.., dans ses chansons plû à la populace,
Il s'est fait appeller le Scribe du Parnasse;
Mais il n'est tout au plus que celui du Pont-
neuf.

Vous voilà maintenant en état de vous faire appeller le Poëte sans fard, lui dit Momus, car vous êtes tout-à-fait défardé. Faites place au Bailli de Chaillot. Ah! dit Apollon, je l'avois oublié.

Venez Bailli, venez, peut-être attendez-vous
Un rigoureux Arrêt dicté par le couroux.

Si cela est vous vous trompez. Ecoutez tous mon dernier jugement.

L'Inés de M. de la Motte sera placé sur le Parnasse après Melpomene, & votre Agnès après Thalie. Pour M. de la Motte, la sienne est marquée depuis long-tems dans le quartier des Hommes illustres, & son nom est gravé dans le Temple de Memoire.

Apollon ayant ainsi rendu à M. de la Motte la justice qui lui étoit dûë, demanda à Melpomene si elle étoit contente de son jugement. Après qu'elle l'en eut remercié, il en dit autant à Thalie, mais il n'en reçut aucune réponse ; car elle avoit déja disparu sans doute pour aller rendre compte de ce jugement à l'Auteur de l'examen des Pieces d'Inés.

APPROBATION.

J'Ai lû par ordre de Monseigneur le Garde des Sceaux, un Manuscrit intitulé, *La Querelle de Thalie & de Melpomene, avec le Jugement d'Apollon, &c.* Une Critique judicieuse & instructive souvent fait paroître ou releve le merite d'une Piéce & de son Auteur. Après plusieurs Critiques qui ont été déja publiées sur la Tragedie d'Inés de M. de la Motte, j'ai crû que de celle-ci on pouvoit permettre l'impression. Fait ce 19. Janvier 1724.

MOREAU DE MAUTOUR.

PRIVILEGE DU ROI.

LOUIS par la grace de Dieu Roi de France & de Navarre, à nos amez & feaux Conseillers, les Gens tenans nos Cours de Parlement, Maîtres des Requêtes ordinaires de notre Hôtel, Grand Conseil, Prevost de Paris, Baillifs, Sénéchaux, leurs Lieutenants Civils & autres nos Justiciers qu'il appartiendra ; SALUT. Notre bien amé LOUIS-ANTOINE THOMBLIN Nous a fait exposer qu'il souhaiteroit faire imprimer & donner au Public un Manuscrit qui a pour titre *Le Jugement d'Apollon*, s'il Nous plaisoit lui en accorder nos Lettres de Permission sur ce necessaires Nous avons permis & permettons par ces Presentes audit Thomelin de faire imprimer ledit Livre en tel volume, forme, marge, caractere, conjointement ou séparement, & autant de fois que bon lui semblera, & de le vendre, faire vendre, & débiter par tout notre Royaume pendant le tems de trois années consecutives, à compter du jour de la date desdites Présentes. Faisons défenses à tous Libraires, Imprimeurs, & autres personnes de quelque qualité & condition qu'elles soient d'en introduire d'impression étrangere dans aucun lieu de notre obéissance; à la charge que ces Presentes seront enregistrées tout au long sur le Registre de la Communauté des Libraires & Imprimeurs de Paris, & ce dans trois mois de la date d'icelle; que l'impression de ce Livre sera faite dans notre Royaume, & non ailleurs, en bon papier & en beaux caracteres, conformément aux Reglemens de la Librairie; & qu'avant que de l'exposer en vente, le Manuscrit ou imprimé qui aura servi de copie à l'impression dudit Livre sera remis dans le même état où l'Approbation y aura été donnée ès mains de notre tres-cher & feal Chevalier Garde des Sceaux de France, le Sieur Fleuriau d'Armenonville; & qu'il en sera ensuite remis deux Exemplaires dans notre Bibliotheque publique; un dans celle de notre Château du Louvre, & un dans celle de notredit tres-cher & féal Chevalier Garde des Sceaux de France, le Sieur Fleuriau d'Armenonville; le tout à peine de nullité des Présentes, du contenu desquelles vous mandons & enjoignons de faire joüir l'Exposant ou ses ayant cause, pleinement & paisiblement, sans souffrir qu'il leur soit fait aucun trouble ou empêchement. Voulons qu'à la Copie desdites Présentes, qui sera imprimée tout au long au commencement ou à la fin dudit Livre, foi soit ajoûtée comme à l'Original. Commandons au premier notre Huissier ou Sergent de faire pour l'execution d'icelles tous Actes requis & necessaires, sans demander autre Permission, & nonobstant clameur de Haro, charte Normande, & Lettres à ce contraires; car tel est notre plaisir. DONNÉ à Paris le troisiéme jour du mois de Fevrier l'an de grace mil sept-cent vingt quatre & de notre Regne le neuviéme.

Par le Roi en son Conseil.

FOUBERT.

Registré sur le Registre V. de la Chambre Royale & Syndicale de la Librairie & Imprimerie de Paris No. 751. folio 446. *conformément au* Reglement *de* 1723. *qui fait défenses* art. IV. *à toutes personnes de quelque qualité qu'elles soient, autres que les* Libraires & *Imprimeurs, de vendre, débiter, & faire afficher aucuns Livres pour les vendre en leurs noms, soit qu'ils s'en disent les Auteurs ou autrement, & à la charge de fournir les Exemplaires prescrits par l'Article* CVIII. *du même Reglement. A* Paris *ce* 4. *Fevrier* 1724.

BALLARD, Syndic.

De l'Imprimerie de JEAN-BAPTISTE LAMESLE, ruë des Noyers, à la Minerve.

www.ingramcontent.com/pod-product-compliance
Ingram Content Group UK Ltd.
Pitfield, Milton Keynes, MK11 3LW, UK
UKHW020445180726
13839UKWH00004B/1644